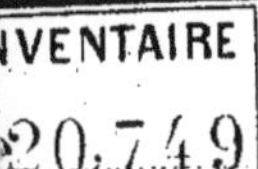

ÉPITRE

A BOILEAU.

A. Dumas.

Je ne veux point brider une ardeur généreuse,
Et l'audace me plaît quand l'audace est heureuse.

PARIS,

H. Fournier, Libraire, rue de Seine, 14.

1836.

ÉPITRE A BOILEAU.

DE L'IMPRIMERIE DE A. GUYOT,
Rue Neuve-des-Petits-Champs, N° 57.

ÉPITRE

A BOILEAU.

Je ne veux point brider une ardeur généreuse,
Et l'audace me plaît quand l'audace est heureuse.

PARIS,

H. Fournier, Libraire, rue de Seine, 14.

1836.

AVERTISSEMENT.

Dans le paroxysme de la RÉNOVATION LITTÉ-
RAIRE, pour parler le langage des adeptes, une
épître à Boileau eût causé une grande rumeur;
dans la situation actuelle des esprits, elle risque
fort de passer inaperçue et de trouver à peine
un ou deux lecteurs : NEMO VEL DUO. Que diront
les habiles du jour, ces écrivains si expéditifs,
quand ils sauront que cette épître, commencée
je ne sais plus à quelle époque, est restée sur
le métier durant plusieurs années (1)? Il s'est
écoulé, il est vrai, entre la composition de tel
morceau et celle de tel autre, quelquefois un
an, quelquefois deux. Ce travail à bâtons rom-
pus tue l'inspiration et laisse voir çà et là ses

---

(1) Pour plus d'à-propos, cette épître, si lente à éclore,
n'est publiée qu'aujourd'hui, quoique depuis plus de deux ans,
elle soit complètement terminée.

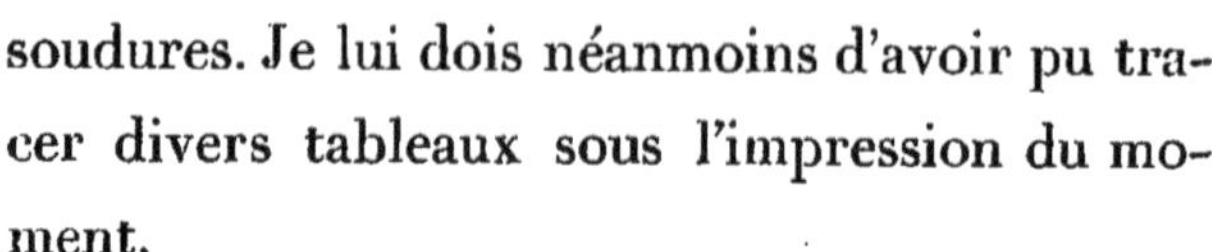

soudures. Je lui dois néanmoins d'avoir pu tra-
cer divers tableaux sous l'impression du moment.

Les traits lancés à brûle-pourpoint contre
d'impérissables renommées, la soif de détruire,
l'impuissance de créer, le grand siècle ravalé,
Boileau mis à l'index, Shakspeare érigé en
idole, les billevesées de Mercier, de Baculard,
etc., reproduites avec une burlesque emphase,
comme des théories neuves; quelques lambeaux
de Goëthe, de Schiller, étalés en signe d'originalité; l'apothéose de Ronsard, l'évocation
d'André Chénier; la guerre si vive, si animée,
si puérile, entre l'alexandrin libre et l'alexandrin esclave; le fameux cénacle, siége d'un orgueil surhumain et d'un trafic d'adulations nau-
séabondes, stigmatisé par une âpre et sanglante
ironie; tout ce bagage vermoulu se remontre
ici tel que je l'ai vu passer. Il faut donc jeter
d'abord le regard en arrière et interroger ses
souvenirs, pour suivre d'un bout à l'autre, sans
être désorienté, l'espèce de panorama que je
présente au public. Parmi les personnages qui

y figurent, il en est un, placé sur le premier plan, que je regrette d'y conserver : écrivain spirituel, consciencieux, d'un savoir étendu, d'un tact fin, plein d'ame, il tient aujourd'hui dans la littérature, sous une infinité de rapports, un rang distingué; mais son début a été violent, irréfléchi. A peine sorti des écoles publiques où il a brillé, au moment de la crise insurrectionnelle, il se jette étourdiment dans la mêlée, prend à tâche de déprécier ce que la France a produit de plus illustre, et tente inutilement de ressusciter une gloire éteinte. Cette fausse direction lui a porté malheur. Sachant bien écrire, né pour une poésie tendre et rêveuse, il a composé, par imitation et par système, des morceaux de prose obscurs, entortillés, prétentieux, et un grand nombre de vers hétéroclites, qui ont été durement, mais justement flagellés. Son tort a été d'imaginer que, dans notre ancienne et belle littérature, tout, jusqu'à la langue, était à refaire, et qu'en remuant les ruines fécondes du moyen âge, il en jaillirait, comme par enchantement, une littérature et une langue nouvelles. Les choses ne vont point ainsi : le moyen âge a fait son temps; sa sève une fois arrêtée, il n'a pu reverdir; l'hellénique Ronsard lui-même lui a porté les premiers coups. Quant à la littérature et à la langue du siècle de Louis XIV et de l'âge suivant, elles sont consacrées par d'immortels chefs-d'œuvre. La netteté, la précision, l'admirable clarté de la dernière, en ont fait la langue du monde civilisé. Noble, simple, quelquefois même naïve, elle répond à tous les besoins du génie : il n'y a pas un sentiment vrai, vif, profond, qu'elle ne puisse rendre avec vérité, vivacité, profondeur. Tout ce qui tend à la corrompre, sous prétexte de la rajeunir et de la renouveler, porte un germe de mort. Il n'y a de viable, dans ses accroissemens successifs, que ce qui est conforme à son génie et à ses lois.

Les deux vers qui servent d'épigraphe à cette épître en expriment la pensée dominante : ma critique n'a rien de vétilleux, et son rigorisme se borne à ne vouloir pas que l'audace dégénère en extravagance. On s'est obstiné à ravaler la raison et à porter l'imagination aux nues. Certes, l'imagination, faculté éminente, créatrice, a droit à l'apothéose; mais ne reconnaître pour lois que ses caprices, c'est courir le risque d'enfanter des monstres, en se disant gros de chefs-d'œuvre. Il faudra bien, tôt ou tard, que cette raison, qui, en toute chose, est la vraie législatrice, reprenne son empire, et que la littérature, sans ÊTRE TIRÉE AU CORDEAU, comme on le reproche si spirituellement à la littérature du grand siècle, cesse d'être échevelée et de ressembler à une bacchante. J'aime à voir un esprit plein de verdeur, un enfant du dix-neuvième siècle, dont l'œil est tourné vers l'avenir, flétrir solennellement le dévergondage de la pensée et du style, tout ce flux d'ignobles productions, et gourmander avec l'autorité du bon sens le génie qui se prostitue. Honneur à un tel usage d'un beau talent! honneur à ces deux organes du haut enseignement (1), dont

---

(1) Je crois devoir noter ici que cet avertissement a été écrit en 1834.

la parole vive et le sens exquis répandent à
la Sorbonne et au collége de France une foule
d'idées saines, et font revivre les doctes et spi-
rituelles leçons du flexible écrivain, si habile
à improviser, qui, en ouvrant à la critique un
champ plus vaste, lui a donné une physionomie nouvelle! La cause de la morale et du goût,
si intimement liée à la gloire nationale et à tout
véritable progrès, n'est point perdue lorsque
de pareils défenseurs lui restent.

ÉPITRE A BOILEAU.

Je ne veux point brider une ardeur généreuse,
Et l'audace me plaît quand l'audace est heureuse.

Effroi des vains auteurs, Boileau, guide immortel,
Toi, l'oracle du goût, dont les vers pleins de sel,
Toujours marqués au coin d'une raison exquise,
Ont vengé le bon sens et flétri la sottise!
Les neveux de Cotin, les rivaux de Pradon,
Ont renié ta gloire et blasphêmé ton nom;
D'un zoïle insolent l'académique audace

T'a traité sans pudeur comme un nain du Parnasse,

Et d'un fatras obscur les louches partisans,

Tout ce peuple effréné qu'offusque le bon sens,

Dégoûté de la Grèce et las de l'Ausonie,

A la sourdine encor ravale ton génie.

L'un, vengeur de Quinault, te place au second rang;

L'autre, zélé Gaulois, prend feu pour Childebrand,

Gourmande de tes vers les dogmes hérétiques,

Et ta profane ardeur pour les fables antiques.

Qui ne rirait, Boileau, de ces burlesques nains,

Frondeurs écervelés et novateurs hautains?

Le siècle de Louis, dans son lustre éphémère,

Sous des dehors pompeux cache en vain sa misère;

Il fut aride et sec. De nos petits régens

Voilà le docte arrêt. Les intrépides gens!

O têtes de Midas! j'aperçois vos oreilles.

Gloire à cet âge d'or tout semé de merveilles!

Mariant la grandeur et la simplicité,

Du naturel antique il a seul hérité;

La sagesse domine où respire l'audace.

Caustiques renégats de ce noble Parnasse,

Vous bernez à plaisir ses héros éternels;

Jupiter est usé! Désertez ses autels,

Répudiez Ulysse, Oreste, Iphigénie,

Mais des maîtres de l'art honorez le génie;
Loin des sentiers battus marchez à leur flambeau :
Je proscris le bizarre, et non pas le nouveau.
Boileau, d'une grotesque et libre Melpomène
Le monstrueux essor abâtardit la scène;
Nous revenons au temps de nos grossiers aïeux;
Les mystères bientôt vont renaître à nos yeux :
Du tudesque Mercier l'impertinent Sosie
A la mort de Jésus d'avance s'extasie;
Il rit effrontément d'Aristote et de toi :
Shakspear, voilà son Dieu; nul joug, voilà sa loi.

Shakspear, de la nature interprète énergique,
Du poète d'Horace a le pouvoir magique :
D'une fiction vaine il tourmente le cœur,
Le saisit de pitié, le frappe de terreur;
La passion éclate en ses vives peintures.
Il s'abaisse bientôt à des caricatures,
Et, grotesque bouffon, fertile en jeux de mots,
De sales quolibets charme le matelots.
Que cet Eschyle brut, dont la verve étincelle,
Soit un objet d'étude, et non pas un modèle.
Son drame gigantesque et qui marche au hasard
Trahit la turpitude et l'enfance de l'art.

Un flot rebelle en vain contre l'art se mutine,
Et l'art et le génie ont enfanté Racine;
Sans leur concours heureux il n'est rien d'achevé.
O l'admirable code à Charenton trouvé !
Le poète, affranchi de toute retenue,
Doit offrir le tableau de la vérité nue,
Au sublime allier le burlesque et le bas,
Figurer pêle-mêle artisans, rois, goujats,
Et, se proclamant neuf, saltimbanque gothique,
A d'ignobles lazzis coudre le pathétique.

Que penses-tu, Boileau, de ce code iroquois?
Vois le chef-d'œuvre éclos de ses fantasques lois,
Ce long drame allongé d'une longue préface,
Plein d'un mortel ennui dans sa baroque audace.

Un insolent orgueil est le cachet du temps;
Tel, en proie au génie, insulte le bon sens.
Du peintre de Cinna le bon sens fut le guide,
Il conduisit Racine au tombeau d'Euripide,
Lui fit voir quels trésors il pouvait enlever,
Quels trésors à la Grèce il fallait réserver.
Cet esprit idolâtre et de Rome et d'Athène

Nous a frustrés, dit-on, d'un théâtre indigène;
'Et du sol héroïque où dorment nos aïeux
Une race étrangère a détourné nos yeux.
Les traits originaux, les images naïves,
Germent au sein poudreux de nos vieilles archives.
Ce langage est plausible, et part d'un cœur français;
Mais pourquoi dans le Nord mendier vos succès?
Attendre que Schiller, que Goëthe vous inspire?
De Faust, en grimaçant, figurer le délire?
Qu'ont de national et Louise et Miller,
Et cet ardent Gênois, vain jouet de la mer?
Dans ce groupe étranger si Jeanne d'Arc prend place,
C'est encore Schiller dont vous suivez la trace.
De ton siècle, Boileau, les plaisans détracteurs!
Racine est plagiaire; eux seuls sont créateurs.
Ah! leur chant de victoire est un cri de détresse;
Ils parlent d'innover en copiant sans cesse.

Le radieux Mély, soufflé par Walter-Scott,
Esquisse un roi despote et peureux et bigot;
La prose de Quentin a passé dans sa prose :
Bignan émerveillé fait son apothéose;
A ce sobre inventeur Corneille est immolé;
Avec ses vieilles lois le vieux Pinde a croulé.

Louis onze, en courant du Plessis à Péronne,
D'une autre Melpomène a tressé la couronne;
Il nous fraie un chemin *loin du cercle tracé,*
Et l'ère du génie enfin a commencé.
Du chef-d'œuvre loué d'un ton si magnifique
L'oubli couvre déjà la vaine mosaïque.
Ducange au boulevard, avec impunité,
Et du temps et du lieu peut rompre l'unité,
Du joueur d'acte en acte offrir la vie entière.
Le théâtre où le Cid fit briller la lumière
Doit-il du mélodrame affronter le cahos,
Et pour nous émouvoir disloquer ses héros?
Je ne veux point brider une ardeur généreuse,
Et l'audace me plaît quand l'audace est heureuse;
Osez comme Corneille, et je battrai des mains.
Il eut le tort, dit-on, d'agrandir les Romains.
Vous donnez à l'histoire un démenti stupide:
J'ai vu du Balafré le courage intrépide,
Laissant dormir son glaive à l'heure du combat,
Triompher d'un rival par un assassinat.
Grâce au talent de Mars, d'une fausse peinture
Le succès inouï déroute la censure.
Émilia du moins sans éclat a péri;
Près d'elle Amy Robsart meurt dans l'amphigouri.

Qui ne sait point créer s'évertue à traduire ;
Tout Shakspear au grand jour va bientôt se produire,
Et, pour régénérer notre scène aux abois,
Dans sa sauvage allure anéantir ses lois.
J'écoute émerveillé l'annonce prophétique
De ce génie issu du géant britannique,
Qui doit nous enrichir d'un type original,
Du vrai drame marqué du sceau national.

Que le ciel, las de voir tomber œuvres sur œuvres,
Nous donne un architecte après tant de manœuvres !
Je siffle le présent et non pas l'avenir.
Quant au passé, Boileau, rien ne peut le ternir ;
Plus notre âge l'insulte et plus sa gloire éclate :
Mais je veux chez les morts désopiler ta rate.
Sais-tu dans ce passé quel est l'auteur poudreux
Que déterre avec pompe un rimeur vaporeux,
Petit docteur imberbe armé de la férule ?
C'est Ronsard, oui, Ronsard, jouet du ridicule,
Exemple biscornu d'un éclatant revers,
Qu'a flétri sans retour ton véridique vers ;
Notre étourneau lui rend le sceptre poétique,
Et, champion têtu de son mètre gothique,
Rejette, comme lourd, monotone, ennuyeux,

De tes alexandrins le rhythme harmonieux.
Fustigeons en riant son audace candide :
D'un novateur brutal infatué séide,
Dépréciant Malherbe et bafouant Rousseau,
A refondre le vers il use son cerveau.
A refondre le vers une ardente séquelle
Incessamment s'essouffle, à l'envi le martelle ;
Par de brusques repos, d'âpres enjambemens,
Elle rompt l'harmonie et mutile le sens.
André Chénier, gardant sa verdeur poétique,
Sa touche originale et sa couleur antique,
A ce tas sourcilleux d'esprits tranchans et faux
Du haut de son génie a légué ses défauts.
Tout joyeux de briser le moule de Racine,
Ils vont substituant à sa langue divine
De leurs vers éclopés le trivial jargon,
Et les tours surannés d'un caduc Apollon.
O mélange inouï d'orgueil et d'impuissance !
Jamais tant d'étalage avec plus d'indigence.
De futurs demi-dieux, à l'improviste éclos,
Sur le Pinde envahi se répandent par flots ;
Un banal encensoir enfume leurs images ;
Mais le public les hue et siffle leurs ouvrages.
Le brevet d'immortel en vain est invoqué ;

Il faut l'avoir conquis et non pas trafiqué.
De l'hôtel Rambouillet la vaine coterie
A perdu tous les frais de sa flagornerie;
Si Cotin vit encor, Boileau, c'est par tes vers;
Je gourmande sans fiel un stupide travers.
Plus d'un talent avorte au milieu des fanfares
Dont l'étourdit un chœur d'affiliés barbares.

Que j'aime à voir d'Aulnay le malin villageois
De ses flèches sur eux secouer le carquois;
De leur apostolat honnir la dictature,
Leur jargon, du lecteur éternelle torture,
D'énigmes, *de non-sens* tissu mystérieux!
Comme il rit au convoi du jeune furieux,
Qui, prompt à démolir pour démolir encore,
S'ouvre un tombeau factice, *et meurt par métaphore!*
Jongleurs impertinens, il s'agit d'inventer;
Créez quelque chef-d'œuvre, au lieu de vous vanter.

Les vers harmonieux du rêveur Lamartine
N'ont dû leur prompt éclat qu'à leur douceur divine;
Dans sa précoce ardeur, vers la scène entraîné,
Lavigne y monte seul et se voit couronné.

2.

Béranger, des prôneurs abjurant la tutelle,
Nous enivra des sons de sa lyre immortelle.
Réglez-vous, croyez-moi, sur ces nobles esprits,
Et triomphez sans brigue, armés de vos écrits;
Moins prodigues surtout d'ovations burlesques,
Cessez de ravaler des gloires gigantesques.
La langue de Pascal, de Racine, *a craqué :*
A ce mot saugrenu, maint cerveau détraqué,
Maint petit barbouilleur, sur la langue se rue,
La tatoue à son gré, de vieux termes l'obstrue,
Et l'idiôme exquis, de l'Europe adopté,
N'est plus que bigarrure et que difformité.
Laissons durant un jour bruire ces saturnales,
Passer comme un torrent des races de Vandales :
Une langue, du temps ouvrage industrieux,
N'est point à la merci de quelques furieux;
Elle a ses propres lois, ses formes, son génie ;
Tantôt majestueuse et tantôt simple, unie,
Sans rebrousser jamais vers son grossier berceau,
De ses grands écrivains elle garde le sceau :
Qui l'ose violer et prétend la refaire
Outrage la raison bien plus que la grammaire.

Mais j'entends réclamer pour de vifs sentimens,

Pour des pensers nouveaux, de nouveaux vêtemens ;
Le neuf est clair-semé dans la jeune famille,
Qui chez le vieux Ronsard étourdiment s'habille ;
Sous le bizarre amas de góthiques lambeaux,
La pensée est niaise et le sentiment faux.
Ces ennemis altiers de toute servitude
Font d'un calque éternel une servile étude,
Et, gueusant un vernis d'originalité,
Changent un tour naïf en un tour affecté.

Oh ! siffle qui voudra les muses timorées
Qui des maîtres fameux n'ont plus que les livrées ;
De leurs galons usés le vieux lustre est terni ;
Pertinax est pour moi le pendant d'Hernani :
L'empereur est de glace et le bandit est ivre.
La sublime raison, seule appelée à vivre,
Diversement fertile en chefs-d'œuvre éclatans,
Obéit sans servage à l'esprit de son temps ;
Par un étroit calcul elle n'est point bridée ;
Son idée a jailli : la forme suit l'idée.
Tout écrivain illustre a sans cesse innové ;
En traits originaux lui-même s'est gravé :
Dans Cinna, dans Tartufe, Athalie et Zopire,
De leurs divins auteurs l'ame entière respire ;

L'ame de La Fontaine éclate dans ses vers ;
Tu nous montres la tienne en frondant nos travers,
Boileau : ton courroux même et ta haine du vice,
Ton vif amour du vrai, de tes mœurs sont l'indice.
Le hardi Bossuet et le profond Pascal,
Fénelon, du premier le flexible rival,
L'énergique Rousseau, le lumineux Voltaire,
De la prose à leur gré moulent le caractère.
Moins pur que Fénelon, aussi doux quelquefois,
Le chantre des Martyrs élève enfin la voix,
Du génie épuisé rallume l'étincelle ;
Son langage est à lui, plein du feu qu'il recèle :
Des termes trop pompeux l'ont souvent déparé,
Mais au creuset du temps son or s'est épuré.
Nul effort, nul apprêt, une grace infinie,
Voilà l'aimable auteur de Paul et Virginie ;
Au sein de la nature il puise ses couleurs,
Et sa prodigue main laisse tomber des fleurs.

Honneur à ce Voltaire, étincelant, mobile,
Travesti sans pudeur en poète débile !
Toujours pur, élégant, facile, harmonieux,
Il arme la raison de traits ingénieux,
Et, fléau renaissant de la sottise humaine,

Des tragiques douleurs agrandit le domaine.
Du monde qu'il charma soixante ans adoré,
Chez nos derniers neveux son nom sera sacré.
Plus humble en son essor, l'industrieux Delille
Vivra le front paré du laurier de Virgile.
Avec quel art savant il assouplit le vers,
Le brise, le façonne à des rhythmes divers!
Tel novateur s'arroge une coupe hardie,
Chez l'heureux traducteur dès long-temps applaudie.
Quelquefois ton émule, ingénieux Boileau,
Il enjolive trop son flexible pinceau;
Ta muse eût gourmandé le luxe poétique
Qu'il aime à déployer dans un chant didactique,
Ces mobiles tableaux, l'un par l'autre effacés,
Et qu'un mot parasite à la file a placés;
Mais, prompte à l'admirer quand sa fertile adresse
Sans tourmenter la langue augmente sa richesse,
Ta muse eût de son fouet dispersé tous ces nains
Qui font pleuvoir sur lui leurs risibles dédains.

La prose est au-dessus de ces lignes rimées,
Sans nombre, sans césure, et d'hiatus semées;
Leur son dur et bizarre échappe au souvenir :
Pour qui blesse l'oreille il n'est point d'avenir.

Jeté négligemment, le vers de Lamartine
N'est point, clabaudez-vous, un reflet de Racine;
Qu'importe, s'il est pur, touchant, mélodieux?
Plus d'un mode est permis à la langue des dieux;
Elle périt bientôt en devenant barbare.

J'ai cru souvent ouïr la lyre de Pindare :
Un barde généreux l'animait sous ses doigts,
Mêlait à ses accords l'audace de sa voix,
Et, jeune, plein du dieu qui consacre nos veilles,
De sons mâles et fiers étonnait mes oreilles.
Mais bientôt l'œil en feu, sur la scène égaré,
Il est poète encore..... il n'est plus inspiré :
Dans son drame effronté, trivial, emphatique,
Il se croit plein de force et n'est que frénétique;
Ses héros ont la fièvre, et sa brutale main
Les pousse, les rassemble au hasard, sans dessein.
De l'honneur castillan folle caricature,
Le serment d'Hernani révolte la nature,
Et de l'affreux Silva la froide atrocité
En soulevant le cœur blesse l'humanité.

L'imagination sur la scène usurpée
Morcelle en vain l'idylle et l'ode et l'épopée :

Ces postiches lambeaux servent mal son pouvoir ;
Elle veut m'éblouir au lieu de m'émouvoir ;
Sa brusque incohérence est justement honnie :
C'est à former un tout que brille le génie.
André Chénier, qu'invoque un turbulent troupeau,
A parlé comme Horace et comme toi, Boileau !
Il défend *d'entasser sans dessein et sans forme*
Des membres ennemis en un colosse énorme ;
Il veut *la vérité, le bon sens, la raison ;*
Respectez sa doctrine ou changez de patron.
La liberté n'est point une aveugle licence ;
Qui règle son essor signale sa puissance.
Corneille tout à coup tire l'art du néant,
Et, comme l'Éternel, il ordonne en créant.
Mais que sert d'évoquer et Corneille et Racine ?
Le théâtre avili n'est plus qu'une sentine ;
Depuis qu'en haletant je griffonne ces vers,
J'ai vu lever l'écluse à ses égouts divers ;
Comme au temps de Thespis, dans leur brute folie,
Ses ignobles acteurs sont barbouillés de lie :
Nulle pudeur, nul frein. Un lâche suborneur,
D'une femme aux abois trame le déshonneur,
A demi sur la scène il consomme son crime,
Et, pour laver sa tache, égorge sa victime.

O le digne héros à la grève attendu !
A Satan, comme Faust, Ambrosio vendu ,
Réclame en vain dix ans promis à sa luxure;
Le diable a du vaurien surpris la signature :
Le dixième jour sonne, et le moine frustré
Sous des ongles de fer tombe, aux vautours livré.
Dois-je long-temps encor subir de tels spectacles?
Et d'un siècle inventeur sont-ce là les miracles?
Laissez plutôt en friche un terrain épuisé;
Du temps qui fuit toujours la roue a tout usé;
Napoléon lui-même a vieilli dès l'aurore,
Grotesquement suivi des lions de Mysore.
En raccourci, Boileau, voilà notre bilan;
L'art théâtral est mort; vive le pélican !
Je préfère Martin et sa ménagerie
A ces drames hideux, butin de la voirie,
Où le vice tout nu s'étale effrontément;
Une actrice a rougi de son rôle un moment.
De l'auteur d'Hernani la catin historique
Près du tableau de Scribe est une œuvre pudique ;
De sa vile Phryné passant de main en main
Mon vers n'ose esquisser l'épouvantable fin:
Tant d'ordure jamais ne vint salir la scène.
Ah! vouons au mépris et l'horrible et l'obscène;

De la boue et du sang il est temps de sortir.
Mais quel sentier au vrai peut encore aboutir?
Comment déraciner le meurtre et l'adultère?
Est-il encore un art, un théâtre, un parterre?
Un système barbare a triomphé, Boileau;
Le laid d'un nouveau mode est le type nouveau:
S'il est un cœur que ronge un incurable ulcère,
S'il est un homme vil, un escroc, un faussaire,
Un brigand qui dans l'ombre assassine à prix d'or,
Nos auteurs à l'envi s'arrachent ce trésor;
Pour s'enrichir d'un crime ou flétrir quelque gloire,
Pareils à des forbans, ils écument l'histoire;
Les cyniques récits de nos vieux chroniqueurs
Aiguillonnent leur zèle à corrompre les mœurs;
Sur un mot de Brantôme ils refont Messaline;
D'un roi preux chevalier brisant la javeline,
Dans un bouge fumant de débauche et de vin,
Ils jettent sa couronne aux pieds d'une catin.

Par intervalle, au sein de cette ignominie,
Brillent confusément des éclairs de génie.
Du sauvage Shakspear émule aventureux,
Ardent à tout oser, un esprit vigoureux
Se glorifie en vain d'un mélange adultère :

Femme impure, et l'épouse et la bru de son père,
Vouant un cœur de mère aux plus noirs attentats,
Sa Lucrèce épouvante et n'intéresse pas.
Quand verrai-je, Boileau, de sa tête féconde
Sortir ce drame neuf qui doit ravir le monde,
Simple et vaste chef-d'œuvre à la foule adressé,
De préface en préface à grand bruit annoncé?

Sans bercer le public de si hautes promesses,
Lavigne au coin du goût marque ses hardiesses;
Mesuré dans son vol, vif et plein de douceur,
Avec un art exquis il sait aller au cœur:
C'est le cœur que toujours il faut que l'on remue.

Ébranlez, s'il se peut, quelque fibre inconnue;
Abondez, éclatez en pensers généreux;
Frappez, élevez l'ame, et parlez moins aux yeux.
Que me fait cet amas de peintures locales,
Ce flot désordonné de passions brutales?
L'homme est-il tout matière? et l'art, un art divin,
N'a-t-il plus qu'un charnel et cynique burin?
Dans ce calque éternel d'un type abominable,
Je cherche en vain les traits de l'homme véritable.
De vos rêves éclos, tout ce monde infernal

N'a rien de sympathique et rien d'original;
Il rugit, s'entretue, et le vieux mélodrame
·Le poignard à la main, en hurlant le réclame.
Trop souvent trivial, mais plein de naturel,
Le monde de Shakspear est un monde réel;
Tout empreints de leur temps, ses vivans personnages
Rapportent du tombeau leurs mœurs et leurs visages.

Qui m'ouvrira, Boileau, le sein de l'avenir?
L'art aux sources du vrai doit-il se rajeunir?
Égaré sans retour dans sa fangeuse voie,
Au monstrueux, au faux doit-il rester en proie?
De ce sol remué les longs ébranlemens
N'auraient-ils enfanté que d'impurs élémens?
Le faux ne peut durer. En sa sphère infinie,
Au seul joug du bon sens j'asservis le génie;
Le bon sens est l'écho de l'esprit et du cœur;
Il crie à haute voix : « Respect à la pudeur!
Tout essor progressif se lie à la morale,
Et c'est rétrograder qu'affronter le scandale. »
Honte, honte éternelle aux Ancelots futurs,
Traînant leur chaste muse en des ravins impurs :
La France libre a soif de vertu, de lumière;
Il lui faut un Corneille, il lui faut un Molière,

Dont la haute raison, dont l'éloquente voix
Et l'élève, et la charme, et l'instruise à la fois.
Ah! seconder l'élan de la pensée humaine,
C'était là le devoir et l'honneur de la scène;
Mais, loin de l'éclairer, fière de l'abrutir,
Elle semble avoir eu le monde à pervertir.

FIN.

NOTES.

D'un zoïle insolent l'académique audace
T'a traité sans pudeur comme un nain du Parnasse.

Au rapport de Marmontel lui-même, dans les mé-
moires passablement graveleux qu'il a légués à ses fils
pour leur servir d'instruction, son *Épître aux poètes*,
couronnée par l'Académie française en 1760, mit en
émoi le docte aréopage, et l'abbé d'Olivet, au fort de la
discussion, se leva furieux, en s'écriant: «L'Académie
se déshonore si elle couronne *cet insolent ouvrage.* »
L'Académie brava l'anathême du bon d'Olivet, et il fut
juridiquement établi que le poète du goût et de la raison, celui que Voltaire a proclamé *maître en l'art
d'écrire*, le rival d'Horace dans les *Satires* et les *Épîtres,*
son vainqueur dans l'*Art poétique*, l'auteur original du

Lutrin, n'est qu'un esprit étroit, un copiste servile, un versificateur subalterne,

« Sans feu, sans verve et sans fécondité. »

Cet arrêt malsonnant a été l'avant-coureur des plates diatribes de Mercier, de Cubières, etc., etc., de cette nuée d'écrivains hargneux, vaniteux, avides de scandale et voués au ridicule. Le corps illustre qui l'a rendu est venu à résipiscence, et, après un laps de plus de quarante ans, il a fait, pour ainsi dire, amende honorable en proposant et couronnant l'éloge de Boileau. J'ai entre les mains un éloge inédit (1) de ce poète, ou plutôt un fragment d'éloge envoyé au concours de 1805, qui semblait ne devoir prétendre à aucune distinction, puisque ce n'était qu'une ébauche inachevée où ni les *Épîtres*, ni l'*Art poétique*, ni le *Lutrin*, n'avaient encore trouvé leur place; il a reçu néanmoins un accueil flatteur, et la mention suivante lui a été accordée : « La classe (2) regrette que l'auteur « de cet ouvrage l'ait laissé imparfait; il annonce un

---

(1) L'épigraphe de cet éloge, tirée de La Bruyère, me paraît caractériser parfaitement le talent poétique de Boileau : « Ses « vers forts et harmonieux, faits de génie, quoique travaillés « avec art, pleins de traits et de poésie, seront lus encore quand « la langue aura vieilli, en seront les derniers débris. » (La Bruyère, discours de réception à l'Académie française.)

(2) L'Académie française s'appelait à cette époque la classe de la littérature et de la langue françaises.

« écrivain peu commun et d'un goût exercé. » En
voici le début, auquel je joindrai un passage relatif
aux services signalés rendus par Boileau comme poète
satirique : « Parmi les hommes éminens qui ont répandu
« sur le siècle de Louis XIV l'éclat et la majesté des
« époques mémorables d'Athènes et de Rome, Boileau,
« s'inclinant lui-même devant l'inimitable Molière,
« ne commande point l'admiration comme l'auteur de
« *Cinna,* l'intérêt comme le peintre de Monime, un at-
« tachement vif et sans bornes comme l'ingénu La Fon-
« taine. Poète supérieur, mais austère, étranger aux
« sentimens tumultueux, passionné pour le vrai, il ne
« veut ni séduire, ni étonner, ni émouvoir ; le carac-
« tère même de son esprit et de son talent se refuse
« aux peintures grandes, pathétiques, véhémentes,
« comme aux grâces molles ou naïves d'un heureux
« abandon. Oracle du goût, il semble, par une consé-
« cration spéciale, appartenir tout entier à la raison ;
« il en a l'exactitude, les formes simples, le langage
« précis, la lumière et l'autorité. Homme rare, exempt
« des illusions de l'amour-propre, ayant mesuré ses
« forces et n'en dépassant jamais le terme, sachant do-
« miner sa pensée, plier son style ; puisant aux sources
« antiques ; plein de naturel, de liaison, de nerf, d'é-
« légance et d'harmonie ; véritablement né pour déve-
« lopper les règles immuables du beau, dont il fait
« l'application continuelle dans ses immortels ouvrages.

. . . .

. . . .

« Que la satire, trop souvent odieuse ou stérilement
« féconde sous la plume de l'écrivain médiocre, brille
« dans ce moment de tout son lustre! Maniée avec
« vigueur, la première, soit dans le langage ordinaire,
« soit dans le langage mesuré, elle bannit sans réserve
« les tours défectueux, la fausse pompe, les termes
« louches, ambitieux ou abjects; elle connut le charme
« d'une pureté et d'une élégance continuelles. Rien n'a
« vieilli de la pieuse ironie et des traits véhémens de
« Pascal, et Racine même, pour développer tous les
« replis du cœur humain, n'a pu, dans la magnificence
« et l'éclat de sa poésie, donner au vers français une
« construction plus nette, plus régulière, une cadence
« plus heureuse, que l'inflexible Boileau, pour honnir
« de présomptueux écrivains et arrêter les prostitutions
« de la renommée. O réclamation solennelle du bon
« sens et du bon goût! Ces hommes, le jouet du ridi-
« cule ou la proie de l'oubli, tenaient les rênes de la
« littérature. Superbes, ils dispensaient l'éloge ou le
« blâme; remuans et souples, ils absorbaient les ré-
« compenses, le crédit, la faveur. Le génie, décon-
« certé, ébloui de leurs triomphes, osait à peine mar-
« cher leur égal. Tout à coup un jeune poète, indigné
« et plein du sentiment de ses forces, élève la voix;
« l'audace, le nombre, le pouvoir des ennemis qu'il
« va soulever, rien ne l'intimide: il a cette franchise
« de naturel qui heurte l'opinion et renverse ses idoles.
« Nul détour, nul ménagement. Quel ton sage néan-
« moins! quel discernement! quel art! quel passage

« continuel du sarcasme et de l'ironie au pur langage
« de la raison ! Ce n'est point ainsi que l'amer satirique
« épanche son fiel. Eh ! que prétend le judicieux Boi-
« leau ? Est-ce le poison de l'envie qui circule dans ses
« veines ? Vient-il comme un furieux insulter à l'objet
« d'un culte légitime, profaner, mutiler de saintes
« images ? Dissiper les ténèbres encore répandues sur
« la France littéraire, couvrir de déshonneur des pro-
« ductions informes mises au rang des chefs-d'œuvre
« de l'esprit humain, opposer le goût du simple et du
« vrai, la pureté des modèles antiques à l'affectation, à
« l'enflure, aux exemples contagieux de l'Italie et de
« l'Espagne ; imposer un frein à la licence, détrôner
« Chapelain, venger Corneille, soutenir Racine, pro-
« clamer Molière, étouffer la voix de Pradon, de Cotin ;
« consterner leurs stupides émules et leurs vains pro-
« tecteurs, se créer, en un mot, une espèce de dicta-
« ture armée d'une rigueur salutaire et qui ne som-
« meille jamais, voilà sa grande et belle entreprise.
« Contempteurs superbes, dites-nous si le talent, dans
« un âge où souvent encore il s'interroge et s'oriente,
« pour ainsi dire, prit jamais un essor plus utile, plus
« glorieux ? Est-ce un génie d'une trempe ordinaire que
« ce poète qui, seul entre ses rivaux, à l'époque où il s'as-
« sied parmi eux, voit tous les défauts de son siècle et les
« évite tous ; dont les vers pleins de sel, de vérité, de
« force, pliés à toutes les lois de l'harmonie, premier mo-
« dèle d'un art accompli, et devenus, pour emprunter ses
« expressions mêmes, *proverbes en naissant*, réjouis-

3.

« sent, charment, éclairent, détrompent et la multi-
« tude et l'élite de la nation? O service éminent rendu
« à cette belle littérature qui sortait à peine du néant,
« tout à coup illustrée par quelques productions d'un
« mérite supérieur, mais, à côté de ces monumens dis-
« persés, et sous l'œil même du génie, déshonorée comme
« à l'envi par une foule d'écrivains barbares ! Nul dis-
« cernement, nul tact, nulle règle de jugement et de
« goût ne servait à l'admiration. Le faux, l'outré , le
« gigantesque, obtenaient des triomphes plus rapides et
« plus éclatans, que le vrai, le beau, le sublime. La mé-
« diocrité languissante allait de pair avec le talent le
« plus vigoureux. Je ne sais quel jargon fade, obscur,
« entortillé, qui reparaît de loin à loin comme un signe
« de corruption , s'était introduit dès l'origine, et s'effor-
« çait de prévaloir à l'ombre de quelques noms illustres.
« Les satires de Boileau frappèrent le mal dans sa
« racine; elles firent tomber ces réputations usurpées,
« ces ridicules apothéoses qui offusquaient le juge-
« ment, etc., etc. »

Il me semble que c'est à ce point de vue qu'il faut se
placer pour bien juger l'influence de Boileau; que c'est
étrangement le rabaisser, que c'est oublier totalement
le rôle qu'il a joué et manquer à la fois de justice et de
justesse, que de ne voir en lui « qu'un esprit sensé et
« fin, poli et mordant, peu fécond , d'une agréable brus-
« querie; religieux observateur du vrai goût; bon écri-
« vain en vers; d'une correction savante, d'un enjoue-
« ment ingénieux; l'oracle de la cour et des lettres d'a-

« lors ; tel qu'il le fallait pour plaire à la fois à M. Patru
« et à M. de Bussy, à M. d'Aguesseau et à Mme. Sévigné,
« à M. Arnaud et à Mme. de Maintenon, pour imposer
« aux jeunes courtisans, pour agréer aux vieux, pour
« être estimé de tout honnête homme et d'un mérite so-
« lide(1). » Ce jugement singulier, comme celui de Marmontel qu'il reproduit en partie, est en contradiction
flagrante avec le jugement de la postérité, qui a maintenu
Boileau au rang élevé que ses contemporains lui ont
assigné. Il est aussi difficile de l'en faire descendre que
de restituer à Ronsard sa suprématie. « Il y a, dit très-
« bien un jeune et profond littérateur qui porte un nom
« illustre dans les sciences, il y a des exhumations méri-
« tées, des réhabilitations légitimes; non que je croie que
« l'on puisse faire rapporter aux siècles leur sentence
« suprême et plaider contre la chose jugée. Ce ne sont
« pas les historiens et les critiques qui décernent la
« gloire, c'est le public, mais le public éternel, le genre
« humain. »

---

(1) *Critiques et portraits littéraires*, page 20. L'auteur termine ainsi son article sur Boileau : « Que si maintenant on nous
« oppose qu'il n'était pas besoin de tant de détours pour énoncer
« sur Boileau une opinion si peu neuve et que bien des gens
« partagent au fond, nous rappellerions qu'en tout ceci nous
« n'avons prétendu rien inventer ; que nous avons voulu seule-
« ment rafraîchir en notre esprit les idées que le nom de Boi-
« leau réveille, remettre ce célèbre personnage en place dans
« son siècle, avec ses mérites et ses imperfections, et revoir sans
« préjugés, de près et à distance, le correct, l'élégant, l'ingénieux
« rédacteur d'un code poétique abrogé. »

L'un, vengeur de Quinault, te place au second rang.

On lit dans un résumé de l'histoire de la littérature française, publié en 1825, le passage suivant : « S'il fallait
« juger Boileau avec la même sévérité qu'il a montrée
« envers Quinault et quelques écrivains de son temps,
« on se verrait forcé de lui refuser la première place,
« même parmi les poètes du second rang, car il lui man-
« que, etc., etc. » Ce résumé est attribué à l'un de nos
critiques les plus spirituels, d'une érudition variée,
étendue, plein de traits vifs et d'aperçus lumineux,
mais enclin au paradoxe. Ce mot explique comment,
avec un coup-d'œil net et un sens droit, il s'est rangé
parmi les détracteurs de Boileau; comment il a essayé
plus tard de placer un instant, sous je ne sais plus quel
rapport, la *Phèdre* de Pradon au-dessus de celle de
Racine, et de transformer ce dernier en intrigant.

L'autre, zélé Gaulois, prend feu pour Childebrand,
Gourmande de tes vers les dogmes hérétiques,
Et ta profane ardeur pour les fables antiques.

L'auteur anonyme d'un essai sur la littérature romantique, qui a paru à la même époque, s'exprime ainsi
en parlant de Boileau : « Notre histoire lui paraît si
« ridicule qu'il traite presque d'insensé le poète qui
« tente d'y puiser la matière de ses conceptions. »

« O le plaisant projet d'un poète ignorant,
« Qui de tant de héros va choisir Childebrand ! »

Il y a peu de logique à conclure de ces deux vers et des vers suivans que Boileau trouve notre histoire ridicule; c'est l'obscurité du héros et la cacophonie de son nom qu'il réprouve et stigmatise.

« Rien n'est beau, rien n'est poétique, selon lui,
« ajoute le critique, que ce qui roule sur les inventions
« de la mythologie payenne ou le récit des temps fabu-
« leux de la Grèce.... »

« La fable offre à l'esprit mille agrémens divers. »

Dans un siècle éminemment religieux, mais où l'antiquité semble renaître sous les formes nouvelles que lui imprime le génie en l'imitant, la sympathie de Boileau pour les riantes fictions de la mythologie payenne n'a rien que de naturel; il y voit une source féconde d'heureuses inspirations et de merveilleux, que ne lui offrent point les austères et sombres vérités du christianisme. L'écrivain illustre qui s'est plu, à une époque de peu de foi, à faire ressortir ce qu'il renferme de beautés poétiques au milieu de ses dogmes et de ses mystères, est allé trop loin en soutenant *qu'il est plus favorable au jeu des passions dans l'épopée que le paganisme*. On l'a réfuté aisément sur ce point en mettant en regard la physionomie riante, le caractère ardent, mobile et passionné de l'un, la gravité, la majesté, le caractère saint et immuable de l'autre. Les deux vers de Boileau :

« De la foi d'un chrétien les mystères terribles
« D'ornemens égayés ne sont point susceptibles, »

ont un fond de vérité incontestable et témoignent de son respect pour la religion. Nul doute néanmoins que le génie ne puisse puiser à cette source de grandes beautés, et que la majesté des livres saints ne soit propre à l'élever aux plus hautes conceptions. Les chefs-d'œuvre du Dante, du Tasse, de Milton, de Klopstock, en sont de vivans et impérissables témoignages. Mais ces poètes sublimes ne doivent-ils rien à cette ancienne mythologie qui a jeté de toutes parts de si profondes racines? Elle pénètre et transpire dans leurs inventions, et l'on distingue quelques reflets des créations d'Homère au milieu des sujets augustes dont la grandeur les accable. « Si Milton est sublime, dit très-bien M. de « Fontanes à l'occasion *du Génie du Christianisme,* ce « n'est point quand il peint la divinité reposant dans « elle-même et jouissant de sa propre gloire au milieu « des chœurs célestes qui la chantent éternellement. « Alors le poète est gêné par la précision des dogmes « théologiques, et son enthousiasme se refroidit. C'est « dans le caractère de Satan qu'il s'est élevé au-dessus « de lui-même. On en devine bientôt la raison; c'est « que Satan, déchiré par l'orgueil et le remords, par les « sentimens opposés de sa misère présente et de son « antique gloire, a précisément, et même à un plus « haut degré, toutes les passions des dieux de la mytho- « logie. C'est un sujet rebelle qui rugit dans sa chaîne, « c'est un roi détrôné qui médite de nouvelles vengean- « ces; en un mot, c'est, avec des traits plus hardis, un « Encelade frappé de la foudre, un Prométhée qui dé-

« fie encore Jupiter sur le roc où l'enchaîne la néces-
« sité. »

Je n'ai voulu dans cette note que justifier Boileau, en
reportant le lecteur à l'époque où il a écrit. Quant à
l'objet de la controverse, il me paraît aujourd'hui plus
que jamais oiseux. Nous sommes bien loin des âges poétiques; la civilisation, qui continue de marcher, a fait
des pas de géant; la lumière est partout. L'épopée, qui
est une œuvre ardue, une œuvre de foi, n'est plus de
saison. Le poète qui osera la tenter, s'il s'en trouve, peut
à son gré rejeter les temps anciens, et avec eux toute
cette mythologie usée qui dort depuis des siècles dans
le tombeau; mais il aura beau se réfugier au moyen
âge et puiser son merveilleux dans les croyances du
temps, il n'aura rien fait pour le succès de son poëme,
s'il ne commence par ressusciter ces croyances.

> Le siècle de Louis, dans son lustre éphémère,
> Sous des dehors pompeux cache en vain sa misère;
> Il fut aride et sec.

L'idée de ces vers est en entier dans la phrase suivante, tirée du même ouvrage : « La littérature du dix-
« septième siècle cache sous de pompeuses apparences
« une sécheresse et une aridité, suites inévitables de
« son principe.

« Jupiter est usé. »

Voyez *les Classiques vengés*, spirituelle mystification
où se joue ce railleur vif et malin dont j'ai signalé la
sanglante ironie, prêt à la signaler de nouveau.

Du tudesque Mercier l'impertinent Sosie
A la mort de Jésus d'avance s'extasie.

« Quel sujet plus beau et plus touchant que la mort
« de Jésus! » s'écrie le pseudonyme Stendhal dans l'un
de ses piquans pamphlets intitulés : *Racine et Shakspeare*. L'auteur a le style vif et tranchant, et traite ca-
valièrement ceux dont il parle. L'alexandrin n'a pas d'en-
nemi plus acharné et le drame en prose de prôneur plus
ardent. Sa théorie, s'il en a une, est résumée dans ce vers :

Shakspear, voilà son dieu; nul joug, voilà sa loi.

Le *Globe*, journal qui a laissé une trace profonde,
après avoir cité un passage assez long du tableau de
Paris sur les compositions dramatiques, s'exprime ainsi :
« Ne croirait-on pas lire une page des brochures toutes
« récentes de M. de Stendhal? » En effet ces brochures,
ainsi que toutes celles qui ont paru depuis quinze ou
vingt ans sur le même sujet, ne renferment pas une idée
neuve. Ce qu'il y a de faux, d'absurde, et quelquefois
de vrai, de raisonnable, se retrouve dans Letourneur,
Mercier, Baculard, Diderot, etc., etc.

Son drame gigantesque et qui marche au hasard,
Trahit la turpitude et l'enfance de l'art.

C'est du misérable taudis qui a servi de berceau à son
génie qu'il faut contempler l'essor de Shakspeare, pour
en mesurer la hauteur. *Cette turpitude, cette enfance,*
ou plutôt *cette absence de l'art,* ne font que rehausser

sa gloire. Modèles, théâtre, j'ai presque dit spectateurs, tout lui manquait. Quels spectateurs en effet, pour ce grand peintre du cœur humain, que des ouvriers, des matelots, une plèbe ignorante à qui il fallait jeter de grossières paroles, des lazzis, des quolibets! Il leur en jette à foison. Il se fait l'homme du peuple, il ne songe qu'à le divertir et à lui plaire; mais il a un public plus éclairé pour lequel il travaille en même temps; il travaille surtout pour un auditeur qui pénètre et embrasse d'un coup-d'œil tous les vices, toutes les vertus, toutes les passions, tous les caractères; cet auditeur, c'est lui-même. Il emprunte çà et là le sujet de ses drames, sans trop s'inquiéter de la forme qu'il va leur donner; ce qui l'occupe uniquement, c'est d'y répandre la vie, d'y montrer l'homme sous ses différens aspects, sous les aspects les plus opposés. Cherchez donc à lui ressembler : vous reproduirez ses bouffons, ses fous, ses ivrognes, ses débauchés, ses reines impudiques, ses rois dissolus; mais son génie, ce génie si mobile, si naïf, si simple, si élevé, vous échappera, et avec lui tout ce qu'il crée, comme en se jouant, de suave, de vrai, de profond, de sublime; vous vous perdrez dans le chaos qu'il a illuminé sans le débrouiller; vous nous ramènerez à la barbarie de son temps.

> O l'admirable code à Charenton trouvé !
> Le poète, affranchi de toute retenue.....

Ce code prétendu, base d'un nouvel art dramatique,

est tout simplement ce qui se pratique à l'origine des théâtres, dans les âges barbares, c'est-à-dire une pleine licence, la confusion de tous les genres et de tous les tons, aucune espèce d'unité ni de temps, ni de lieu, etc.

Ce long drame allongé d'une longue préface.

Cette préface a été portée aux nues, comme tout ce qui est sorti de la plume de l'auteur, prose ou vers. C'est un morceau écrit de verve, qui éblouit par l'éclat et la vivacité de l'expression, où le vrai est mêlé au faux, mais où le faux domine. L'idée fondamentale du système dramatique qui s'y trouve développé, au milieu d'une nouvelle et bizarre théorie du grotesque, est l'imitation, la copie exacte de la nature dans tout ce qu'elle enfante de beau, de laid, de difforme, etc. Cette idée rétrograde tend à opérer la décadence de l'art, en le ramenant au point d'où il est parti. Selon la même préface, *il n'y a ni règles ni modèles;* c'est dire, ce me semble, que l'art n'existe point; c'est proclamer l'anarchie et nous replonger dans le chaos. N'est-ce point un chaos en effet, un vrai pêle-mêle, que le drame interminable de *Cromwel,* taillé sur le patron des drames de Shakspeare, mais où l'on cherche en vain le souffle de vie qui les anime? Le poète a fait une étude profonde et consciencieuse du caractère de son héros et de l'époque où il a vécu; mais, à force de le sonder, de le disséquer, de vouloir l'étreindre tout entier et *peindre le géant sous toutes ses faces,* il l'a rapetissé, et il n'a su le rendre intéressant ni dans sa vie publique ni dans sa vie privée.

Toutefois, considérée comme une tentative, comme le jet d'un génie actif, entreprenant, l'œuvre de M. Victor Hugo est une œuvre virile, une œuvre de savoir, de réflexion et de persévérance, qu'une forte tête pouvait seule concevoir et exécuter. Parmi les six ou sept mille vers dont elle se compose, il s'en trouve d'excellens; mais, on le sait, il s'en trouve de si étranges, de si barbares, que le livre tombe des mains. Quelques détails piquans, quelques situations originales, quelques belles scènes, répandues çà et là, ne suffisent point pour soutenir l'attention au milieu des bizarreries d'une action confuse, languissante, et comme noyée dans de continuels hors-d'œuvre.

> Qu'ont de national et Louise et Miller,
> Et cet ardent Génois, vain jouet de la mer?

L'*Intrigue et l'Amour*, ouvrage de la première jeunesse de Schiller, a été imité sur plusieurs théâtres. L'une de ces imitations a obtenu à l'Odéon un succès dont le souvenir n'est point effacé. Une autre imitation de Schiller, la tragédie de *Fiesque*, par M. Ancelot, avait réussi précédemment à ce même théâtre. Quoique l'auteur ait fait mourir son héros sur la scène, poignardé par Verrina son ami et l'un des conjurés, j'ai cru devoir rappeler la catastrophe qui l'enleva au moment de l'exécution de son complot. On sait que ce chef intrépide, en montant par un pont étroit sur son vaisseau, se laissa tomber dans la mer.

De Faust, en grimaçant, figurer le délire?

« Si l'imagination, dit Mme. de Staël, pouvait se
« figurer un chaos intellectuel tel que l'on a souvent
« décrit le chaos matériel, le *Faust* de Goëthe devrait
« avoir été composé à cette époque. On ne saurait aller
« au-delà en fait de hardiesse de pensée, et le souvenir
« de cet écrit tient toujours un peu du vertige... La
« pièce de *Faust*, ajoute plus bas cette femme illustre,
« n'est certes pas un bon modèle. Soit qu'elle puisse
« être considérée comme l'œuvre *du délire* de l'esprit
« ou de la satiété de la raison, il est à désirer que de
« telles productions ne se renouvellent pas; mais quand
« un génie tel que celui de Goëthe s'affranchit de toutes
« les entraves, la foule de ses pensées est si grande,
« que de toutes parts elles dépassent et renversent les
« bornes de l'art. » Une composition aussi originale,
aussi étrange, vivant symbole de l'imagination mobile,
de l'ardente et inextinguible curiosité du poète, n'a
point été destinée au théâtre; ce n'est que travestie et
honteusement profanée qu'elle y a paru de nos jours,
aussi peu comprise du public que des maraudeurs qui
en ont fait leur proie.

Bignan émerveillé fait son apothéose.

L'auteur de *Louis XI à Péronne*, conception faible,
qui n'a dû un moment de vogue qu'à ses emprunts à
l'un des chefs-d'œuvre de Walter-Scott, et à la violation
applaudie d'avance des unités de temps et de lieu,
transformé en régénérateur de la scène, en génie du

premier ordre! Voilà de ces éloges qui font rire aux dépens du héros et du panégyriste.

> « Honneur, honneur à toi qui nous ouvres l'accès
> « D'une route inconnue au théâtre français!
> « Ton succès mérité résout un grand problème,
> « Et ton nom, fondateur de ce hardi système,
> « Brille comme un fanal, qui, placé sur les eaux,
> « Dirigera l'essor des pilotes nouveaux. »

On lit dans la même épître, qui n'est qu'un appel à l'indépendance et une perpétuelle diatribe contre l'ancien théâtre :

> « Le sceptre d'Aristote, à La Harpe transmis,
> « Courbera-t-il toujours nos fronts toujours soumis?
> « N'est-il pas temps qu'enfin sur la scène agrandie
> « Le moderne cothurne, en sa marche hardie,
> « Loin du cercle tracé par un savoir pédant
> « Etende de ses pas l'essor indépendant?
> « Souffrirons-nous encor la vieille Melpomène,
> « De son vieil attirail chargeant la vieille scène ? »

Rien de mieux; mais l'opinion de M. Bignan n'a aucune fixité; il chante la palinodie le plus lestement du monde en présence d'un tribunal qui ne partage ni son enthousiasme pour les modernes écarts, ni son mépris pour la *vieille Melpomène*. Voici quelques fragmens de son épître *à un jeune romantique, sur la gloire littéraire de la France*, couronnée en 1831 par l'Académie française :

> « Néophyte zélé du Baal romantique,
> « Iconoclaste ardent de toute gloire antique,

« Ton esprit, s'élançant hors du cercle tracé ,
« Voit tout dans l'avenir et rien dans le passé.
. . . .
« Quand le faux goût succède au bon sens d'autrefois,
« Les essais aux chefs-d'œuvre et l'anarchie aux lois,
« O honte ! menacé par quelques mains ingrates,
« Le temple du génie aurait ses Érostrates !
. . . .
« Insensé novateur ! » . . . .

Après un éloge pompeux, mais juste, de nos grands écrivains, de nos grands poètes,

« Des trois aigles rivaux qui, d'une aile hardie,
« Planent avec orgueil sur notre tragédie, »

il s'écrie :

« Voilà donc les vainqueurs que tu veux détrôner !
« *Mon classique courroux* ne doit-il pas tonner,
« Lorsque, de la raison brisant les saintes règles,
« *Tes hardis roitelets* insultent à nos aigles ? »

Ducange au boulevard, avec impunité,
Et du temps et du lieu peut rompre l'unité,
Du joueur d'acte en acte offrir la vie entière.

Si *Trente ans* ou *la Vie d'un joueur,* par Ducange, qui a fait pousser tant de cris de joie aux ennemis des unités et verser tant de larmes au théâtre de la porte Saint-Martin, a enfanté, comme on est en droit de le supposer, *Dix ans de la vie d'une femme,* c'est là une bien malheureuse et bien déplorable postérité. Il y a du moins dans le premier mélodrame un but moral bien marqué. La passion funeste du jeu y est représentée dans toute son horreur, peut-être même au-delà des limites que l'auteur aurait dû se prescrire. Je ne connais pas de tableau plus déchirant et plus propre à faire impression que celui de Georges de Germany, le héros de la pièce, ce joueur effréné, passant, pour assouvir sa soif de l'or, par tous les degrés du vice et du crime, et entraînant avec lui, dans un abîme d'opprobre et de misère, une épouse vertueuse, dévouée, mère tendre, dont il a dévoré la dot et flétri l'existence. Il me semble qu'un père, dans des vues paternelles même, peut mener son fils à un pareil spectacle, quelque hideux qu'il soit : il en sort une leçon terrible, souvent perdue, il est vrai ; mais toutes vos scènes de débauche et d'impureté, où figurent aussi des escrocs, des faussaires, des assassins, les leçons qu'elles donnent sont d'une autre nature ; elles ne se perdent point ; le germe de corruption qu'elles répandent se développe et porte son fruit.

> Grâce au talent de Mars, d'une fausse peinture
> Le succès inouï déroute la censure.

On se rappelle quel succès le *drame historique* ou plutôt le MÉLODRAME D'HENRI III a obtenu au Théâtre-Français, et quelle part en revient à l'admirable talent de Mlle. Mars. Il y a de l'entraînement, de la passion ; et, malgré tout ce qu'il renferme d'invraisemblable, d'atroce et de faux, la plupart des critiques le mettent au-dessus des autres productions de l'auteur, dont il n'offre point les obscénités.

Esprit d'une trempe vigoureuse, plein de verve et de
chaleur, plus propre aux conceptions soudaines qu'à
une lente élaboration, M. Alexandre Dumas a par-
dessus tout le génie dramatique; il émeut, il fascine,
il entraîne; mais trop souvent sur le terrain fangeux
où il se précipite, ce poète si naturellement passionné,
si habile à secouer l'ame, la souille et la flétrit par le
cynisme et la nudité de ses tableaux.

> Emilia du moins sans éclat a péri;
> Près d'elle Amy Robsart meurt dans l'amphigouri.

L'infortune de la fille de sir Robsart, retracée avec
des couleurs si vives dans *le Château de Kenilworth*,
l'un des meilleurs romans de Walter-Scott, a fourni le
sujet de ces deux ouvrages. Pour surcroît d'affliction,
l'auteur d'*Émilia*, M. Soumet, l'a frappée d'une alié-
nation mentale, qui remplit presqu'en entier le cin-
quième acte de sa pièce et se termine par la mort de
l'héroïne. Le drame ne s'est soutenu quelque temps que
par le jeu profondément pathétique de Mlle. Mars, qui
s'est montrée sous un jour nouveau dans un rôle créé
pour elle.

L'apparition au théâtre de l'Odéon d'*Amy Robsart*,
par M. Paul Foucher, beau-frère de M. Victor Hugo, a
suivi de près celle d'*Émilia* au Théâtre-Français, mais
elle n'a été que d'un jour. Ce drame, plein d'embarras,
de traits bizarres, de lambeaux mal cousus de Walter-
Scott, et d'une longueur démesurée, après avoir lutté
durant quatre heures contre l'ennui et les murmures

du public, a essuyé une chute éclatante. Comme le bruit avait couru que M. Victor Hugo n'était pas étranger à sa composition, ce poète déjà célèbre fit imprimer dans plusieurs journaux une lettre où l'on trouve la phrase suivante : « Il y a dans ce drame quelques mots, « quelques fragmens de scène qui sont de moi, et je « dois dire que ce sont peut-être ces passages qui ont « été le plus sifflés. »

Je ne me suis astreint ni ici ni ailleurs à l'ordre chronologique; les représentations d'*Émilia* et d'*Amy Robsart* ont précédé celle d'*Henri III.*

> Qui ne sait point créer s'évertue à traduire;
> Tout Shakspear au grand jour va bientôt se produire.

M. Émile Deschamps, dans la préface de ses *Études françaises et étrangères*, fort de cet axiôme du *Globe*, qu'il se plaît à citer : « Le temps des imitations est « passé, il faut ou créer ou traduire, » ne voit de salut pour notre théâtre que dans la représentation des traductions fidèles de Shakspeare. « Lorsque la grande « épreuve de Shakspeare, s'écrie-t-il avec enthousiasme, « aura été faite, lorsque notre public connaîtra la plus « belle poésie dramatique des temps modernes, comme « il a appris celle des temps antiques dans les chefs- « d'œuvre de notre scène, alors toutes les questions « seront éclairées, tous les trésors mis à découvert, « tous les systêmes comparés et appréciés; un homme « de génie viendra qui combinera tous ces élémens, « leur donnera une forme nouvelle, et, plus heureux

« que les grands maîtres des grands siècles, en fera
« jaillir la véritable tragédie française, un drame na-
« tional, fondé sur notre histoire et nos mœurs, etc. »

On se rappelle la malheureuse tentative d'un homme
de talent, qui, malgré l'élévation de son esprit et ses
patientes études sur la direction et les formes de l'art,
a complètement échoué dans la reproduction d'*Othello*
Il s'est, il est vrai, étrangement fourvoyé en adoptant,
pour rendre les beautés naïves et les scènes passionnées
de l'original, au lieu de la langue de nos grands poètes,
au lieu du *style simple et franc* de Molière qu'il admire
avec tant de raison, la langue prétendue neuve, le vers
brisé et prosaïque du temps, *ce plat jargon, qui n'est,*
pour me servir des termes d'un critique éminent, *ni
du siècle d'Élisabeth, ni du siècle de Louis XIV.
La grande épreuve de Shakspeare* en est restée là, et
la véritable tragédie française, le drame national est
encore à naître, à moins qu'on ne veuille gratifier de
ce titre *la Tour de Nesle, Marion Delorme, le Roi
s'amuse, Lucrèce Borgia, Angèle, Marie Tudor,* etc.

Andre Chénier. . . . .
. . . .
A ce tas sourcilleux d'esprits tranchans et faux
Du haut de son génie a légué ses défauts.

« Un de mes amis, dit assez ingénument Joseph
« Delorme, a coutume de comparer les vers dithyram-
« biques d'André Chénier, où les coupes et les enjam-
« bemens surabondent, à ces combats d'écorchés aux-

« quels s'exerçait l'illustre et infortuné Géricault. Plus
« tard, si l'artiste avait vécu, il aurait peut-être jeté
« de la peau sur ces muscles. » C'est précisément cette
surabondance de coupes et d'enjambemens, ce sont ces
muscles mis à nu à la manière de Géricault, que les
légataires d'André Chénier, dans ce qu'il a de défectueux, ont copiés, multipliés avec un aveugle enthousiasme, et sur lesquels ils se sont bien gardés *de
jeter de la peau.*

> Que j'aime à voir d'Aulnay le malin villageois
> De ses flèches sur eux secouer le carquois!

La boutade pleine de traits poignans qui a blessé au
vif, sans la blesser à mort, *la camaraderie littéraire,*
a laissé un souvenir que des nuées de nouveaux cama-
rades ne cessent de réveiller. J'ai emprunté à ce morceau
incisif deux ou trois expressions, dont la plus saillante est
dans cet hémistiche : *et meurt par métaphore.* J'aurais
pu y moissonner plus largement, car nul, dans un es-
pace aussi étroit, m'a semé tant d'épigrammes.

> La langue de Pascal, de Racine, *a craqué.*

L'auteur du *Tableau historique et critique de la poésie
française et du théâtre français au seizième siècle,*
s'exprime ainsi vers la fin de son premier volume : « Un
« homme de beaucoup d'esprit et d'érudition (1) s'est

---

(1) M. Delécluse, préface de *Roméo et Juliette,* nouvelle tra-
duite de Luigi da Porto.

« plaint malicieusement que depuis quelques années
« on avait distendu notre pauvre langue jusqu'à *la*
« *faire craquer*. Le mot est d'une parfaite justesse. Le
« moule du style en usage depuis Balzac jusqu'à Jean-
« Jacques a sauté en éclats, aussi bien que le moule du
« vers. » On a pu voir dans cette épître et dans l'avertissement qui la précède comment les réformateurs de
notre belle langue, à force de la disloquer et *de faire
sauter en éclats le moule de la prose et le moule du vers*,
sont parvenus un instant à la rendre barbare pour la
rendre nouvelle. L'homme d'un vrai génie, qui l'a reçue
en héritage portée au plus au point de perfection et
pleine de chefs-d'œuvre, se garde bien de la dénaturer,
de la transformer ; il la vivifie à son tour, il la féconde
et l'enrichit, il lui communique, au gré de ses conceptions originales, une foule de beautés neuves, en respec-
tant ses lois constitutives et en lui conservant son caractère. Ses ouvrages n'ont chance de durée qu'à cette dou-
ble condition. Je m'arrête pour laisser parler sur ce sujet
un écrivain que l'auteur du *Tableau historique et critique* regarde *comme le dernier, le plus habile et le plus
séduisant soutien du pur et classique langage*. J'ouvre
l'excellent cours de littérature française de M. Villemain,
et j'y lis : « Il y a dans les langues, comme dans le
« goût, une partie certaine, durable, et une partie va-
« riable. Tant que le variable l'emporte sur le certain,
« c'est que la langue n'était pas finie, qu'elle est incom-
« plète ; quand le contraire arrive, vous reconnaissez
« l'époque de la maturité d'un idiôme. Ce n'est pas que

« le temps, qui use les mots comme les pièces de mon-
« naies, ce n'est pas que mille influences de mœurs, de
« coutumes, d'imitations étrangères, ne viennent en-
« core modifier la langue. Il se fait des alluvions ; mais
« le fleuve ne se déplace plus. Et tout écrivain jaloux
« d'être lu de l'avenir doit rester fidèle au type primitif,
« de sorte que le caractère anciennement national de la
« langue prédomine dans ses ouvrages sur les variations
« accidentelles. »

> Honneur à ce Voltaire, étincelant, mobile,
> Travesti sans pudeur en poète *débile!*

M. Emile Deschamps, dans la préface que j'ai déjà citée, reproche à Voltaire *de nombreux vices d'exécution et une débilité de style qui contraste trop souvent avec la hardiesse des idées.*

Au jugement de M. Victor Hugo, la *Henriade* est *un poëme blafard,* et l'auteur de tant de productions immortelles *manque de grâce, de charme et de majesté ; il emprunte ses prestiges aux enluminures du fard et aux grimaces de la coquetterie....*

Voilà des idées neuves sur le talent de ce génie extraordinaire, le plus bel ornement de son siècle, et dont la place est marquée parmi les écrivains les plus illustres de tous les temps. C'est surtout comme écrivain que la gloire de Voltaire est inattaquable et que son nom ira à la postérité la plus reculée. Naturel, vif, aisé, d'une élégante simplicité, quelquefois plein d'éclat, d'un goût exquis, son style a toutes ces qualités aimables, toutes ces formes heureuses qui donnent de la saillie à la pensée et la gravent dans l'esprit sans le fatiguer. Dans les moindres jeux de son imagination, comme dans les élans passionnés de sa verve tragique, le respect pour la langue a été son symbole littéraire. Que n'a-t-il eu le même respect pour ce qu'il y a de plus sacré au monde, les mœurs et la religion! Le reproche que M. Victor Hugo lui adresse au sujet du poëme licencieux où il outrage la mémoire d'une héroïne, l'honneur de la France et l'objet de son culte, n'est que trop fondé; ce reproche lui a été adressé plus d'une fois, et peut-être n'était-ce point à un poète qui a fait si souvent rougir la pudeur dans des pièces où l'histoire est scandaleusement violée, à le fulminer de nouveau. Il n'y a d'autorité, en morale et en littérature, que pour celui qui prêche d'exemple. Ce que j'ai dit plus haut doit prévenir toute fausse interprétation de ce vers:

Et fléau renaissant de la sottise humaine.

Il est clair que je n'ai voulu parler que de la guerre vive et continuelle que Voltaire a faite à toutes les erreurs, à tous les préjugés nuisibles. Il n'est en effet aucune superstition, aucune coutume barbare ou absurde, qu'il n'ait cherché à déraciner; il n'est aucune idée utile, grande, généreuse, qu'il n'ait embrassée avec ardeur, qu'il n'ait propagée. Je suis dispensé d'aller plus loin; les services que ce grand homme a rendus à la raison et à l'humanité ne peuvent être méconnus, ne peuvent être niés que par ceux qui, comme M. Victor Hugo, lui refusent même le talent d'écrire; qui ne voient dans le recueil de ses œuvres qu'un *bazard*, et qui, *pour résumer l'idée multiple que présente son existence littéraire, ne trouvent rien de mieux que de la classer parmi ces prodiges que les Latins appelaient* MONSTRA (1).

> Plus humble en son essor, l'industrieux Delille
> Vivra le front paré du laurier de Virgile.

L'immortelle traduction des *Géorgiques*, l'un de *nos ouvrages les plus originaux*, comme l'a proclamé le grand Frédéric, a consacré le nom de Delille. Les imperfections qui s'y trouvent, et qui ont leur excuse dans la perfection même du modèle, s'évanouissent devant le talent prodigieux dont elle porte l'empreinte, et l'on a dit avec raison que, *de tous les poëmes publiés depuis près d'un siècle, c'est évidemment celui qui a créé, dans la poésie française, les richesses les plus nouvelles et les plus inconnues.* Le même talent, la même habileté à manier la langue, à triompher de son défaut de prosodie, à donner au rhythme de la souplesse et de la variété, à peindre les objets par le son des mots ou le mouvement du style, brillent dans les autres productions de ce poète ingénieux et fécond. Il y répand une foule de beautés du premier ordre, de vers admirables, de tableaux terribles ou gracieux, d'épisodes attachans; mais le vice inhérent à de continuelles descriptions, le manque de liaison et d'unité, autant que

---

(1) Littérature et philosophie mêlées, par M. Victor Hugo.

la vivacité de son esprit, l'entraînent dans des longueurs et des disparates. Le siècle où il a vécu, et dont il a ressenti l'influence, n'a point la sévérité du siècle de Louis XIV; la postérité, qui met le sceau à toutes les renommées, ne le placera point à côté de Boileau, de Racine, les deux poètes, comme on l'a dit tant de fois, qui ont le plus approché de la perfection; mais, malgré les défauts qu'il peut avoir, elle lui assignera un rang glorieux. En réprouvant sa coquetterie, ses mignardises, son goût trop vif pour l'antithèse et la périphrase, elle jouira avec délice de tout ce qu'il renferme d'attachant, de beau, d'élevé, de poétique. Il me semble que M. Émile Deschamps, après s'être écrié avec un air de triomphe : *Quel misérable progrès de versification qu'un logogriphe en huit alexandrins, dont le mot est* CAROTTE *ou* CHIEN - DENT! se serait honoré en citant d'un bout à l'autre avec enthousiasme le dithyrambe sur l'immortalité de l'ame, morceau plein de verve et de courage, improvisé sous l'œil d'un tyran sanguinaire et en présence de l'échafaud. Quoi de plus admirable que ces deux strophes, qui pouvaient conduire le poète à la mort ?

> « O vous qui, de l'Olympe usurpant le tonnerre,
> « Des éternelles lois renversez les autels,
>> « Lâches oppresseurs de la terre,
>> « Tremblez, vous êtes immortels!

> « Et vous, vous, du malheur victimes passagères,
> « Sur qui veillent d'un dieu les regards paternels,
> « Voyageurs d'un moment aux terres étrangères,
>> « Consolez-vous, vous êtes immortels! »

Il n'y a point là de périphrase, et Delille *n'a pas toujours changé nos louis d'or en gros sous.*

On a peine à concevoir la violence avec laquelle la critique s'est précipitée sur le tombeau de ce poète illustre, dont la perte a été si vivement sentie, de ce poète d'un si aimable et en même temps d'un si beau caractère, qui a rendu de si grands services à la langue; qui, dans ses différentes émigrations, a contribué, autant par le charme de sa conversation que par celui de ses ouvrages, à la populariser chez l'étranger, et dont l'une des plus étonnantes productions *a naturalisé parmi nous la gloire et le génie de Milton.*

Ces derniers mots sont de M. Villemain, qui ajoute : « Nulle part Delille n'a montré un plus riche et plus « heureux naturel, plus d'originalité, de chaleur et « d'éclat. Les négligences, les incorrections même « abondent, il est vrai, dans cet ouvrage écrit avec « autant de promptitude que de verve. Le caractère « antique et simple de l'Homère anglais disparaît quel- « quefois sous le luxe du traducteur. Ce n'est pas tou- « jours Milton, c'est toujours un poète. » M. Villemain, dans son discours sur la critique, parle de Delille avec la même admiration. Il s'indigne *des opiniâtres censures qui ont poursuivi son premier chef-d'œuvre,* il le nomme un *grand poète.*

Voici un écrivain qui, dans la préoccupation de ses idées de réforme, juge Delille d'une manière bien différente : « L'abbé Delille a essayé aussi d'innover, mais « il l'a fait si *mesquinement,* avec une intention si

« formelle de gentillesse et un dilettantisme si rafiné
« d'harmonie imitative, qu'il est allé précisément con-
« tre le but de l'art..... Il était atteint de faux goût, et
« le faux goût, une fois infiltré dans un talent, le
« corrompt à tout jamais et jusqu'en ses meilleures
« parties..... Qu'il y ait du bon chez Delille, des traits
« heureux de pinceau, et, par exemple, *quelques quatre*
« *ou cinq beaux vers sur quarante*, personne ne le
« niera. Mais que la manière de Delille ne soit pas ra-
« dicalement fausse, que son badigeonnage descriptif
« se puisse comparer à la profusion pittoresque de nos
« jeunes modernes..... voilà ce qui est chose insoute-
« nable, selon moi. » (*Pensées de Joseph Delorme.*)

> Tel novateur s'arroge une coupe hardie,
> Chez l'heureux traducteur dès long-temps applaudie.

M. Saint-Marc Girardin, dans un article fort spirituel sur les *Études françaises et étrangères* de
M. Émile Deschamps, cite ce vers traduit de la *Cloche*,
poëme de Schiller :

> « Aux traces de la vierge il s'attache, et, rêveur,
> « Il adore, etc. »

« J'aime cette coupe, dit-il, au neuvième pied. Mais
« l'abbé Delille coupe son vers à tous les endroits, et
« il l'a même coupé le premier au dixième pied :

> « L'univers ébranlé s'épouvante........ le dieu, etc. »
>
> (*Géorgiques.*)

« Ce qui a jusqu'ici trompé sur la sorte de parenté qui
« lie à l'abbé Delille notre jeune école poétique, c'est
« le dédain qu'elle en faisait ; mais quand on vient à
« examiner la versification de Delille, ses recettes pour
« varier le vers alexandrin, etc., etc., on est frappé de
« la ressemblance qu'il y a, quant aux formes, entre
« lui et notre jeune école. Elle a parfois raison de se
« moquer de ses périphrases. L'abus de la périphrase
« est une mauvaise chose ; mais enfin il faut quelque-
« fois en faire usage, témoin M. Émile Deschamps, qui,
« dans ses romances espagnoles, lorsque le roi Rodri-
« gue regrette le temps où il était roi d'Espagne et où
« la monnaie portait son empreinte, n'ose pas lui faire
« prononcer le mot de *monnaie*, et déroge jusqu'à la
« périphrase : hier, dit Rodrigue,

> « Dans vingt cités qui me bravent,
> « Sur l'or, où mes traits se gravent,
> « Retentissaient les marteaux. »

Voici une strophe où l'auteur est plus fidèle au mot
propre :

> « Toujours, tant que le fer, parure des batailles,
> « Les éperons d'acier et les cottes de mailles,
> « Et le noir gantelet et le panache noir,
> « Et le casque à visière et la lourde cuirasse,
> « Légèrement portés, ennobliront la grâce
> « Du guerrier qui part du manoir. »

« Que si quelque partisan de notre jeune école, dit

« malicieusement M. Saint-Marc Girardin, voulait me
« faire remarquer quelle innovation c'est en poésie que
« ces mots : *éperons d'acier, cottes de mailles, noir*
« *gantelet et panache noir*, le tout dit hardiment et
« sans périphrase, je me hasarderais à lui citer ces vers
« de Delille dans l'*Imagination :* »

« Mais sur un palefroi s'avance un chevalier,
« Beau, jeune, et précédé de son noble écuyer,
« *Le casque* sur le front, surmonté *d'un panache,*
« Sur ses yeux *la visière*, à son bras *la rondache,*
« *La lance au poing*, portant *brassard et gantelet,*
« Ferme sur *l'étrier* et le fer *en arrêt.* »

Jeté négligemment, le vers de Lamartine
N'est point, clabaudez-vous, un reflet de Racine.

« Soutenir, dit Joseph Delorme, que Lamartine, dont
« il loue *le laisser-aller, la simplicité irréfléchie*, suit
« la manière de Racine et de J.-B. Rousseau, parce
« qu'on ne rencontre chez lui qu'un assez petit nombre
« de coupes et d'enjambemens, c'est ignorer qu'il y a
« d'autres élémens intégrans de la forme poétique, etc. »
Je suis en cela parfaitement de son avis :

Plus d'un mode est permis à la langue des dieux.

Mais Joseph Delorme s'efforce ensuite de rappro-
cher M. Lamartine d'André Chénier, et, quoique plus
haut il ait formellement déclaré qu'il *ne suit pas sa*
manière, il trouve *qu'à prendre les choses par le fond,*

à examiner *le moule intérieur et les traits cactéris-
tiques du dessin, il aurait plus de parenté encore
avec André Chénier qu'avec Racine.* C'est là se donner
beaucoup de peine pour n'aboutir à rien. M. Lamartine
est *parent* de tous les vrais poètes, en ce sens, qu'il est
lui-même un vrai poète. Il n'imite ni André Chénier,
ni Racine, ni J.-B. Rousseau. Chez lui tout est spontané, tout est personnel; c'est dans la profonde émotion
de son ame, dans la vivacité, dans l'exaltation de ses
sentimens religieux, qu'il puise, comme à une source
intarissable, ces hautes et mélancoliques pensées qui
s'élèvent vers le ciel pour l'interroger sur les destinées
de l'homme, et le langage mélodieux et grave qui leur
sert de moule donne à leur uniformité même je ne sais
quel charme semblable à celui d'un long et intime
épanchement. Ne lui demandez point le secret des ri-
ches développemens auxquels il s'abandonne, des formes majestueuses qu'il revêt, de ces belles périodes qui
se déroulent avec lenteur et se croisent sans se confon-
dre, des tours inaccoutumés, des expressions neuves
qui lui échappent; il l'ignore lui-même, et c'est là ce
qui le caractérise; c'est cette foi à l'inspiration, cette
insouciance de l'art, *ce laisser-aller,* pour me servir des
termes de Joseph Delorme, qui, au risque d'un peu
d'exubérance et de quelques traits négligés, imprime
à ses compositions, parmi tant d'originalités factices, le
sceau d'une véritable originalité.

> J'ai cru souvent ouïr la lyre de Pindare;
> Un barde généreux l'animait sous ses doigts.

M. Victor Hugo, dès son premier essor comme poète lyrique, a étonné, ébloui; il s'est créé une place éminente et a signalé sa véritable vocation. C'est dans l'ode que sa verve impétueuse le sert merveilleusement; que ses hardiesses ont je ne sais quoi de neuf; qu'il abonde en sentimens nobles, élevés, généreux. Il a des inégalités, des incohérences, de l'exagération, des bizarreries de forme et de langage; mais lorsque, saisi d'enthousiasme, il retrouve l'inspiration; lorsque, resplendissant encore de la pompe orientale, il interroge sa lyre harmonieuse sur un mode plus suave et lui confie ses joies et ses peines secrètes, il a des morceaux admirables, pleins de charme et de naturel. Quoi de plus gracieux et de plus frais, d'une vérité plus frappante, que ce portrait de l'enfance?

> « Il est si beau, l'enfant, avec son doux sourire,
> « Sa douce bonne foi, sa voix qui veut tout dire,
>   « Ses pleurs vite apaisés,
> « Laissant errer sa vue étonnée et ravie,
> « Offrant de toutes parts sa jeune ame à la vie,
>   « Et sa bouche aux baisers ! »

Dans ses compositions dramatiques, ce poète, si richement doté par la nature, mais jeté hors de sa sphère et cloué à un faux systême qu'il veut faire triompher à tout prix, se débat continuellement entre son bon et son mauvais génie; et, je le dis à regret, c'est rarement le bon, c'est le plus souvent le mauvais génie qui le subjugue et l'entraîne.

Il défend d'entasser, sans dessein et sans forme,
Des membres ennemis en un colosse énorme ;
Il veut la vérité, le bon sens, la raison.

Tel est le langage d'André Chénier dans un précieux fragment, où il ouvre à l'invention de nouvelles sources, de nouveaux sentiers, où il développe sa féconde et sage poétique, si étrangement foulée aux pieds par ses plus fervens admirateurs. Ils ont cru l'avoir pris pour modèle en copiant, en exagérant quelques singularités, quelques formes de versification, qui ne font point partie intégrante de son génie. Grec d'origine, plein de l'antiquité, *ayant*, comme le dit M. Villemain, *une manière neuve de la sentir et de la rendre*, il en reproduit les grâces simples et naïves, et quelquefois la touche énergique. L'imiter, ce n'est point calquer ses mouvemens, son allure, s'efforcer de lui ressembler ; c'est se nourrir comme lui d'affections profondes, et, l'œil fixé sur les grands modèles, s'abandonner à ses propres inspirations.

Allumons nos flambeaux à leurs feux poétiques ;
Sur des pensers nouveaux faisons des vers antiques.

Le second de ces vers, devenu célèbre, aurait dû nous épargner toute cette malencontreuse polémique sur la structure du vers, sur ses coupes, ses rejets, ses enjambemens empruntés à Ronsard, à Régnier, à André Chénier lui-même. Quoi de plus misérable que de travestir un art divin en métier, de demander à la forme qui ne peut rien créer des créations nouvelles, d'assujétir le poète à tel ou tel rhythme, sans examiner si la langue se prête ou se refuse à tel ou tel rhythme, quel genre d'harmonie lui est propre, si elle a ou si elle n'a pas une prosodie? Que deviennent, au milieu de ce travail mécanique, le naturel et le spontané dont on fait tant de bruit, et qui sont effectivement ce qu'il y a de plus précieux et de plus rare? Le sentiment, la pensée avant tout; l'ame de feu du poète, son oreille délicate, sa connaissance de l'idiôme, sauront bien trouver le mètre, le rhythme, le mode qui convient le mieux au sentiment, à la pensée, à l'idiôme.

Il est à remarquer que dans ce morceau sur l'invention, qui appartient à la critique, André Chénier, si hautement invoqué par nos violens réformateurs, loin d'insulter à nos grands écrivains, proclame leur gloire, et trouve que la langue dont ils ont fait un si bel usage, *douce, rapide, abondante, magnifique, pleine de nerf*, entre les mains du génie, n'est timide et pauvre que pour le prosateur ou le poète vulgaire, toujours prompts à l'accuser et à la rendre responsable de leur impuissance.

Les vers où André Chénier soutient cette excellente thèse sont malheureusement très-médiocres; le lecteur peut en juger par la citation suivante; après avoir fait dire à un poète aussi vain que dénué de talent, que,

> « Si son vers est géné, sans feu , sans harmonie,
> « Il n'en est pas coupable; il n'est pas sans génie,
> « Il a tous les talens qui font les grands succès :

« Mais enfin, malgré lui, le langage français,
« Si faible en ses couleurs, si froid et si timide,
« L'a contraint d'être lourd, gauche, plat, insipide. »

Il ajoute :

« Mais seraient-ce Lebrun, Racine, Despréaux,
« Qui l'accusent ainsi d'abuser leurs travaux?
« Est-ce à Rousseau, Buffon, qu'il résiste infidèle?
« Est-ce pour Montesquieu qu'impuissant et rebelle,
« Il fuit? Ne sait-il pas, se reposant sur eux,
« Doux, rapide, etc. »

Tout cela est faible, languissant, flasque; on sent que le poète, tout d'émotion, tout d'inspiration, n'est point là sur son véritable terrain. Il faut réserver son admiration, une admiration vive, pour quelques morceaux d'une exquise sensibilité, d'une merveilleuse délicatesse, et terminer les éloges et les critiques par ce mot de M. Villemain, qui rappelle d'une manière si brève et si triste sa cruelle destinée : « André Chénier, pris si vite « par l'échafaud, ne laissa voir que l'espérance d'un « beau talent. »

Nulle pudeur, nul frein. Un lâche suborneur
D'une femme aux abois trame le déshonneur.

Antony, *ce noble Antony*, comme l'a caractérisé un poète célèbre dont je tairai le nom, est plus *qu'un lâche suborneur*, c'est un forcené, un énergumène anti-social, le type de l'extravagance et de l'immoralité, qui met au nombre de ses moyens de séduction la violence la plus brutale, et qui n'aborde l'objet de sa passion frénétique qu'armé du poignard de l'assassin. Le drame dont il est le héros a obtenu un grand succès, un succès prodigieux, grâce à quelques situations vives, à quelques développemens, à quelques traits passionnés, et peut-être, je rougis de le dire, au scandale même du sujet. C'est avoir fait un digne usage de l'autorité, que de l'avoir repoussé du théâtre national, où il a été sur le point de s'impatroniser.

A une époque reculée de la Restauration, dans une visite des comédiens français au ministre de l'intérieur, le ministre ayant exposé quelques-unes de ses idées sur le théâtre, Mlle. Mars lui dit avec vivacité : « Monsei-« gneur, si ces idées étaient mises à exécution, il n'y « aurait plus de Théâtre-Français. — Le Théâtre-« Français, répondit le Ministre, n'est pas nécessaire : « les boulevards nous suffisent; *le Théâtre-Français* « *apprend à penser* (1). » Comparez à cet inconcevable langage les paroles pleines d'une généreuse indignation contre l'avilissement de la scène, prononcées à la tribune nationale par le Président actuel du Conseil des Ministres : « Notre théâtre, messieurs, c'était « la gloire de la France; c'est par notre théâtre que « la langue française s'était popularisée en Europe,

---

(1) Ce propos me paraît si étrange que je crois devoir déclarer que c'est sur la foi des papiers publics que je le rapporte; je n'ai par-devers moi aucune preuve de son authenticité.

« qu'elle était devenue la langue de la société, la
« langue des beaux-arts, la langue des relations inter-
« nationales.

« Qu'est-ce maintenant que le théâtre en France? Qui
« est-ce qui ose entrer dans une salle de spectacle,
« quand il ne connaît la pièce que de nom? Notre
« théâtre est devenu non-seulement le témoignage
« éclatant de tout le dévergondage et de toute la dé-
« mence auxquels l'esprit humain peut se livrer lors-
« qu'il est abandonné sans aucun frein, mais il est
« devenu encore une école de débauche, une école de
« crimes, et une école qui fait des disciples que l'on
« voit ensuite sur les bancs des Cours d'assises attester
« par leur langage, après l'avoir prouvé par leurs ac-
« tions, et la profonde dégradation de leur intelligence,
« et la profonde dépravation de leurs ames. »

A Satan, comme Faust, Ambrosio vendu,
Réclame en vain dix ans promis à sa luxure.

Le Moine, joué à l'Odéon en 1831, est tiré du *Moine
de Lewis,* roman monstrueux et plein d'une verve sa-
tanique, dont l'apparition a été pour Londres un scandale.

Napoléon lui-même a vieilli dès l'aurore,
Grotesquement suivi des lions de Mysore.

Le drame gigantesque en six actes et en vingt tableaux,
où, malgré son étendue démesurée, Napoléon n'est vu

que de profil, a joui de toute la vogue que devaient lui
procurer le nom du héros, la singularité et la pompe
du spectacle, les rapides et continuels changemens de
scène et de décoration; mais cette grande figure, déjà
promenée de théâtre en théâtre, avait pour ainsi dire
usé l'enthousiasme; la vogue s'est ralentie peu à peu;
elle a passé avec une sorte de fureur de l'Odéon au Cir-
que-Olympique, devenu le rival du cirque romain, où,
dans un drame plein d'émotion et d'une effrayante vérité, un homme livré aux lions et aux tigres semblait à
chaque instant devoir être dévoré. Après les deux vers
rapportés ci-dessus, venaient les vers suivans, que j'ai
supprimés comme rompant la marche de l'épître :

« Bien fou qui sur la scène a cru pouvoir m'offrir
« Un héros que le monde eut peine à contenir :
« Impétueux, courant de victoire en victoire,
« Dominateur des rois, son théâtre est l'histoire.
« Qu'un Tacite nouveau burine ses exploits,
« Flétrisse l'oppresseur en admirant ses lois;
« Qu'il brise dans sa main l'épée étincelante,
« Et, captif, dépouillé de sa pourpre sanglante,
« Qu'il l'enchaîne au rocher où, de lui-même en deuil,
« Il doit, morne et rêveur, expier son orgueil :
« Ces immenses tableaux veulent un cadre immense. »

Une actrice a rougi de son rôle un moment.

Quelle critique sanglante d'un rôle de femme que la
fuite soudaine de l'actrice qui l'a accepté, et qui ne peut,
au fort de l'action, en supporter la honte? C'est ce qui

est arrivé à Mme. Dorval dans la pièce intitulée : *Dix ans de la vie d'une femme.* Elle a manqué à son devoir en désertant la scène, mais sa faute l'a honorée, car c'est un hommage qu'elle a rendu à la morale.

Sur un mot de Brantôme ils refont Messaline.

Voici le passage de Brantôme qui a servi de fondement au drame monstrueux de la *Tour de Nesle,* où Marguerite de Bourgogne se livre à de sanguinaires et horribles débauches qui surpassent les déportemens de Messaline. « La Reine se tenait à son hôtel de Nesle, « faisant le guet aux passans, et ceux qui lui revenaient « et agréaient le plus, de quelque sorte de gens que ce « fussent, les faisait appeler et venir à soi ; et, après en « avoir tiré ce qu'elle voulait, les faisait précipiter du « haut de la tour et les faisait noyer. Je ne peux dire « que cela soit vrai ; mais le vulgaire, au moins la plu- « part de Paris, l'affirme. »

C'est sur cette tradition si peu authentique, dont le chroniqueur qui lui sert d'écho doute lui-même, et pour laquelle il n'y aurait pas assez de voiles quand elle reposerait sur d'irrécusables témoignages, que l'on souille effrontément scène de pareilles infamies.

Femme impure, et l'épouse et la bru de son père.

Ce vers est traduit de l'épitaphe suivante, composée par Pontanus, long-temps avant la mort de Lucrèce Borgia :

« *Hîc jacet in tumulo Lucretia nomine, sed re*
« *Thais, Alexandri filia, sponsa, nurus.* »

Quand verrai-je, Boileau, de sa tête féconde
Sortir ce drame neuf qui doit ravir le monde?
Simple et vaste chef-d'œuvre à la foule adressé,
De préface en préface à grand bruit annoncé?

Il est peu de préfaces de M. Victor Hugo qui ne soient pleines des merveilles qu'il doit enfanter. Voici comment il s'exprime dans une de ces pompeuses annonces, où il se félicite du succès de son drame de *Marion de Lorme:*
« Certes, selon nous, jamais moment n'a été plus pro-
« pice au drame. Ce serait l'heure pour celui à qui Dieu
« en a donné le génie, de créer tout un théâtre, un
« théâtre vaste et simple, un et varié, national pour l'his-
« toire, populaire par la vérité, humain, naturel, uni-
« versel par la passion. Poètes dramatiques, à l'œuvre. »

Il s'est mis à l'œuvre, ou plutôt il a continué son œuvre. On sait combien, dans ses différens drames, il s'est montré national, quel a été son respect pour l'histoire, et quels enseignemens l'humanité a reçus des passions exceptionnelles, des sauvages et hideux caractères qu'il s'est plu à étaler sur la scène. Où est l'ami de sa gloire, je ne parle point de ses frénétiques admirateurs, qui n'ait gémi de voir un si beau talent, un génie si fier, si hardi, s'égarer ainsi de gaîté de cœur, se jeter systématiquement dans le faux, l'absurde et le gigantesque, au nom de la nature et de la vérité? Où est l'ami de sa gloire qui ne répète avec un sentiment de regret les vives paroles aux-quelles je fais allusion dans mon avertissement:

« Tel excellait dans l'ode et emportait les ames au pays
« de ses rêveries sur les ailes de sa strophe puissante, ou
« bien pleurait ou faisait pleurer des larmes exquises
« sur le sort de la jeune fille frappée au sortir du bal par
« le froid mortel du matin, ou bien encore faisait mou-
« voir, au souffle de sa magnifique prose, toutes les pier-
« res de nos vieilles églises, qui s'est attelé à je ne sais
« quel drame sans vergogne, et l'a traîné sur les plan-
« ches battues du mélodrame, devant un public dont
« les mieux disposés lèvent les épaules à cette lutte im-
« pie d'un homme supérieur contre sa vocation, d'un
« poète contre sa muse. »

Nota. Voici quelques strophes que j'ai fait imprimer dernièrement, à un très-petit nombre d'exemplaires. Des personnes bienveillantes m'ayant témoigné le désir de les avoir, lorsqu'il n'était plus en mon pouvoir de les leur offrir, je les reproduis à la fin de cette brochure, quoiqu'elles lui soient totalement étrangères.

A ma petite Nièce,

Marie L*****.

Aimable enfant! toi, l'orgueil de ta mère!
Ton aspect m'attendrit et me navre le cœur;
De m'ouïr appeler du nom sacré de père
Le ciel m'a dénié l'ineffable douceur.

Chéri d'une compagne à me plaire empressée,
   Trésor de grâce et trésor de bonté,
J'ai pu lui laisser voir le fond de ma pensée;
De cet accord divin nul gage n'est resté.

Rêves de l'avenir! rêves de l'espérance!
Vous n'avez point bercé mes uniformes jours;
J'ai gémi, j'ai pleuré quelquefois en silence;
D'autres pleurs à mes pleurs ont marié leur cours.

Tout languit, tout est mort où n'est pas la famille;
C'est elle qui d'un père allége le labeur;
Harassé de fatigue, un baiser de sa fille,
Un baiser de son fils épanouit son cœur.

Le jour fait place au jour qui doit le suivre;
  L'humble indigent, comme le riche altier,
Dans ses fils en mourant est fier de se survivre;
J'irai dans le tombeau m'enfermer tout entier.

De l'homme au cœur brûlant cruelle destinée!
Les plus purs sentimens avortent dans son sein;
Et souvent les doux fruits, éclos de l'hyménée,
Croissent pour un mortel dont le cœur est d'airain.

Peut-être en sa rigueur le ciel me fut propice;
Un coup prématuré change la joie en deuil;
Young en cheveux blancs, de sa chère Narcisse
Au flambeau nuptial vit s'ouvrir le cercueil.

Le long cri de douleur poussé par Lamartine
Des mers qu'il franchissait a troublé les échos;
Sa fille meurt devant l'antique Palestine,
Et sa lyre et sa voix n'ont plus que des sanglots.

Un don si tôt repris ne fut qu'un don funeste;
Cette fille, astre pur qui n'a brillé qu'un jour,
Doit des jours paternels empoisonner le reste,
Et laisse vide un cœur qui fut si plein d'amour.

De la perte d'un fils, ma plus douce culture,
  Rien n'aurait pu me consoler.....
Pourquoi, pourquoi tenter d'absoudre la nature,
Quand d'un reproche amer j'ai droit de l'accabler?

Aimable enfant! toi, l'orgueil de ta mère!
Ton aspect m'attendrit et me navre le cœur;
De m'ouïr appeler du nom sacré de père
Le ciel ma dénié l'ineffable douceur.

Ah! du sort envers moi répare l'injustice;
Sois l'enfant de mon choix. Par le ciel repoussé,
Que mon vœu se transforme et par toi s'accomplisse...
J'aime à voir ton berceau près de mon lit placé.

L'ombre de ton aïeul, ombre sainte, ombre chère,
Sous le toit fraternel viendra le visiter,
Entre sa Théonie et ta seconde mère,
Pour jouir de ta vue aimant à s'arrêter.

FIN.